Jan Wagner

Die Live Butterfly Show

Gedichte

Hanser Berlin

1. Auflage 2018

ISBN 978-3-446-26043-6

Umschlag: Anzinger und Rasp, München,
Motiv: © POWER AND SYRED/SCIENCE PHOTO LIBRARY/
Getty Images
Satz im Verlag
Druck und Bindung: CPI books, Leck
Printed in Germany

FSC
www.fsc.org
MIX
Papier aus verantwortungsvollen Quellen
FSC® C083411

I

alter biker

steigt schnaufend von seiner maschine,
knarzend in seinem leder, langhaarig, steif
wie eine mumie aus der bronzezeit.
wohnt ansonsten, sagt er, in den bergen
montanas, sagt: vor über fünfzig jahren
sprang eine junge frau bei ihm auf, kam mit,
für die er einen fischteich aushob, zehn
japanische karpfen darin, dann sieben, zwei,
bis er den grauen reiher sah, der satt
davonflog. wohnt sonst einsam, sagt er, auf dem
berg in montana, aber tourt jetzt wieder,
schwebt breitbeinig über die landstraßen hin mit seiner
gotteswolke von vollbart, gleitet vorbei
an fernfahrern, hoch auf ihren dieselkanzeln;
fragt sich noch immer, sagt er, die augen selbst
im stehen zusammengekniffen in einem fahrtwind,
von dem wir nichts ahnen, wie der vogel
gerade seinen teich entdecken konnte,
ausgerechnet seinen winzigen fischteich
im ungeheuren, riesigen montana.

rettich

du hast so lang an ihm gezerrt, gezogen;
nun stehst du, den ruf der waldohr-
eule im rücken, mit diesem stoßzahn
von rettich da, ertappt wie ein wilderer.

und hier an deinem küchentisch, blaß
vor einem klotz mit der kälte von marmor
und schwer wie ein unterschenkel apolls,
ein mittlerer amor,

beschleicht dich das gefühl, du habest exakt
um sein gewicht an gewicht verloren,
würdest noch leichter, leichter. draußen knackt
der wald, rückt auf mit augen und mit ohren.

geschrumpft zu wenig mehr als einem nugget,
eine feder im windzug, nichts als ein flaum
vor diesem stummen albinogott,
sieht man dich kaum.

sein name, der wie ein seufzer entwich,
ein stoßgebet: hätte ich, hätt ich …
dein haus liegt kalt und unbewohnt
unter dem rettichmond.

an eine lampe

plötzlich beginnt dein warmes gelb zu flattern
wie eine gipfelflagge, ein fetzen stoff
im arktiseis, bevor der letzte waltran

verbraucht ist, alle finger steif
vor kälte, und es könnte, vierzig-watt-
zentralgestirn, genausogut die stadt,

ihr dunkel sein wie ein polarnachtfunkeln
dort draußen, während du erneut dein zelt
aus licht um mich aufschlägst, gegen die bissigen

winde, und ich sitze wie john franklin,
mein mahl der eigene, lederbesohlte
schuh, und träume, träume von nordwestpassagen.

die kapitäne

gingen in unserer straße an land
und schlüpften unter bei den witwen,
ankerten in der witwenbucht,
hoch und stolz. wir wahrten den abstand,
kreisten skeptisch wie in mickrigen
einbäumen um sie herum.

april, und in den gärten legte
die blühende flotte der zierkirschen ab:
sie blieben, scheuerten das rasendeck,
schoben die weiße bugwelle
eines vollbarts vor sich her.

schweigsame männer mit fischen im namen,
einsilbig, silbrig,
herr barsch, herr dorsch, herr butt –
wir klebten wie pfahlmuscheln an den türen
und fensterläden, lauschten
auf madagaskar, sansibar,
tauschten wörter wie glasperlen aus,
kalfatern, brigg, persenning …

stille männer mit braungebeizten
gesichtern noch im herbst, wenn das rauschen,
das rascheln der ertrunkenen durchs laub
der hecken ging in den kälteren nächten –
an manchen feiertagen fand man
sie schwankend in einem wind mit der stärke
von zweikommaacht promille.

sie stehen weiter hinter den gardinen,
sehen mich nicht, der ich sie sehe
vom dunklen garten, zu winzig in ihrer see.

säge

wer wüßte mehr von trennen und gelingen
zugleich? die feinen zähne des piranha,
der schlanke griff – und schimmernd wie die klinge,
die zwischen sigurd und der keuschen bryn-

hild ruhte, bis die morgensonne
durchs fenster auf das bettuch rieselte.
und plötzlich kehrt der duft der sägespäne
zurück, jener moment im zirkuszelt,

in dem die jungfrau lächelnd in zwei teilen
sich wiederfand, der große zambonini
den hut abnahm, um ihn just dort zu wedeln,

wo beides wahr schien, zwischen rumpf und beinen
im trommelschwellen, im wirbel des lichts
nicht etwas da war, aber auch nicht nichts.

constable: *wolkenstudien*

»I am the man of clouds.«
(John Constable)

für Klaus Reichert

kaum da, fast nichts – doch wie sie dieser landschaft
gewicht verleihen, wenn sie ihren bogen
beschreiben, alle himmel sich beziehen;
alpen des augenblicks, als haufenwolken,
in zirren, jagen schatten über feld
und wiese, geben alldem einen rahmen.

die heide, hampstead, ihre panoramen,
und in der ferne london, die gesellschaft.
er steht auf seinem hügel wie ein feld-
herr, fängt bei sonne, unterm regenbogen,
im hagelschauer ein, was mit den wolken
entsteht. schon morgens in der hand das ziehen

und kribbeln, dieser wunsch, hinauszuziehen,
zu wandern, um mit farben, lappen, rahmen
die dinge ins verhältnis zu den wolken
zu setzen. wie er allem sinn verschafft,
den pinsel führt wie einen geigenbogen;
die hand, die glatt, nicht faltig ist, geriffelt.

als junge stundenlang in einem feld
zu liegen und die schemen vorzuziehen
den kinderspielen, trommel, pfeil und bogen,
weil sie nicht dauern, aber alle dramen
zu spiegeln wissen, ängste, leidenschaft:
wer wolken zusah, wurde selbst zu wolken,

reiste mit einer kühnen flotte wolken
nach süden richtung windsor oder felt-
ham, teil der großen wolkenbruderschaft,
wo streit nie bitter ist und schnell verziehen.
in einem stall beginnt die milch zu rahmen.
das eisen in der schmiede wird gebogen.

der himmel jetzt so rot wie mohn, wie bougain-
villea, und die zukunft hinter wolken
versteckt – die ehrungen im edlen rahmen
des louvre, der academy, im vorfeld
marias schwindsucht, kinder großzuziehen –,
und wieder greift er nach dem pinselschaft,

weil doch der nächste bogen weiß es schafft,
all das zu rahmen, was schon jetzt zerfällt,
indem die wolken stetig weiterziehen.

muff

als er dir beim wühlen
im schrank oder im wörterbuch
entgegenfällt, denkst du an höhlen-
bär und riesenhirsch, an den geruch

von mottenpulver, milben,
längst ausgestorbenes in dioramen;
muff, seine eine pelzige silbe
mit dem gewicht von russischen romanen,

wo die prinzessin irgend etwas sagt,
was dir entgeht, ihre kohlweißlingshände
im warmen fell versteckt,
während der schlitten über lände-

reien, durch die schneebedeckte tundra
und taiga gleitet, seine schellen,
ihr fröhliches tandara-
dei in der nacht verklingt und du allein

zurückbleibst, nur mit werst
um werst von dunkel, diesen rauhen
winden und dem permafrost
tief unten, wo die schweren mammuts ruhen.

chevaliers

die herren haben sich erhoben, doch hört man die nachrufe nicht, die verlesen werden: ein lärm aus dem nebensaal der residenz übertönt alles, es ist ein rauschen, ein dröhnen, ein stetig anschwellendes schleifen, kreischen. als wäre jenseits der tapete das fegefeuer eingezogen, als habe die höllen-ag selbst die räumlichkeiten für ihre jahrestagung gemietet. die herren schweigen. ihre anzüge, schwarz, schimmernd wie ölfarbe – sie ließen sich gleich so, wie sie dort stehen, in die galerie alter meister hängen. als würde eine batterie von turbinen getestet. als versuchten düsenjets zu starten, ohne vom fleck zu kommen, als wären sämtliche staubsaugervertreter zusammengekommen, um alle staubsauger der welt gleichzeitig in betrieb zu nehmen, ist es ein dröhnen, ein rauschen, das geheul des fegefeuers, das ja selbst ein riesiger staubsauger ist. unten im foyer aber ist es ganz und gar still. die fahrstuhlglocke klingelt, die türen gleiten lautlos auseinander, doch der fahrstuhl ist leer.

elegie auf einen lateinlehrer

vielleicht nur eine frage der grammatik,
daß sie stets älter wirkten, als sie waren;
nur tote sprachen tote sprachen, lateinisch
und griechisch, sie hingegen rückten mutig
morgen für morgen vor, von den barbaren
durch nichts getrennt als den hölzernen rhein der tische.

man alterte ja selbst um jahrhunderte, primus
wie klassenletzter, über ablativus
und vocativus, *terra, terrae, terram* –
letzter botschafter eines imperiums,
der die vokabeltests wie gültige visa
verteilte für jenen unerreichbaren raum,

der nur von seneca, catull und taci-
tus zehrte, von schwarzbrot und mintpastille,
die cordhosen und die strickpullis um die taille
so weit, daß alles immer hin zur toga
zu streben schien. *das land, die erde*: still
liegt gallien da, zerfallen in drei teile.

kleiner krähenhymnus

(Englischer Garten, München)

gegenschwäne, münchhausenamseln,
sind es die krähen im park,
kein rokoko,
ein rah-kra-kra,
ein dialekt aus moskau oder riga;
zerren an der nachgeburt
des winds, der weißen plastiktüte,
humpeln wie glöckner

hinter uns her, um picknickdecken,
liebespaare und trommler,
kinderwagen
allerwegen,
jede als dreizehnte fee in der nähe.
befrackte geheimbündler,
meister des verlorenen brötchens,
neuschneeverleugner –

sie hocken wie beichtgeheimnisse
hinter den parkbankgreisen,
fordern futter,
ihr gefieder
glänzender als violinistenschuhe,
lassen gänzlich ungerührt
rote jogger vorüberhasten,
krächzen ihr rotwelsch

einander zu, wegelagerer
und häretikertauben,
luftschakale;
jedem jekyll
von rotkehlchen, buchfink und stieglitz ein hyde,
unter dem baum im schatten
hüpfend als schatten dieses schattens,
nachtalabaster,

trippeln unter den pfauenrädern
der rasensprenger hindurch,
formen wolken-
schwärme, folgen
einander in die wipfel der kastanien,
eben noch weiß und blühend,
nun verkohlt, nur weil sie dort landen;
ebenholztotems

auf den leeren biertischen im herbst,
thronen unter menschen, doch
ohne klagen,
klicken, klacken
über das blechdach des gärtnerschuppens hin,
boten keiner finsternis,
wüstlinge im porzellanladen
einer magnolie;

unerlauchte, unerleuchtete,
lassen die parklaternen
zweifeln, flackern,
sind als flaggen
immer auf halbmast, wie hoch sie auch fliegen,
teergefederte, mitten
im tag jenes unabdingbare
quentchen von schwärze.

doña elba

für Christos Tsiamis

im schatten hockt der rote papagei,
bei doña elba rollt man die zigarren,
während die mücke lautlos, ohne schrei

ihr kleines denguetelegramm vorbei-
trägt und der zuckerrohrseñor beim karren
im schatten hockt. der rote papagei

wie ausgestopft, die hitze wie aus blei
gegossen überm hof; die klepper scharren
im staub, warten aufs zeichen, einen schrei,

und tief im innersten, im schlot der zwei
vulkane, die im regenwald verharren,
im schatten, hockt der rote papagei

der lava. wie der süßkartoffelbrei
im kochtopf stöhnt und schnauft, dazu gitarren
und baß, der ferne salsa einer schrei-

nerei … der tabak, feucht und schwarz, am kai
die reiher, die auf see und inseln starren.
im schatten hockt der rote papagei,
fährt endlich hoch, blüht auf in seinem schrei.

II

marder

so schlank, daß du mit hineinschlüpfst in den schlag,
die dunkle, muffige höhle, nach sachlage

eindringling, räuber, marder
inmitten all der sanften märtyrer,

der gurrenden boten; taube um taube entkorkend
und saufend, ein gargantua,

derweil es ringsum flattert, flattert,
derweil es ringsum flattert

und flattert, mit befleckt-
em latz, bis alles still ist und perfekt;

zu fett von blut und nachrichten und welt,
um entweichen zu können durchs loch, einen spalt,

dazu verdammt, zurückzulehnen
ins eigene werk, mit satter miene

und schuldlos schlummernd wie ein kannibale,
bis man die decke hebt; und dort, mit knüppel

und mistgabel, dreschflegel,
sense, spaten, axt und pechfackel,

dort steht es, mit flinte und rassehund:
das publikum, außer sich, rasend.

glastisch

ich war sechs jahre alt und unsinkbar,
wenn nicht der tisch gewesen wäre, glitzernd
und kalt, der mich seit anbeginn erwartete
wie ein eisberg seine titanic.

etwas ging zu bruch an jenem tag,
und es war nicht nur glas, wenngleich ich
wie sterntaler dalag, erschlagen von all der pracht.
sechs jahre alt, zum erstenmal verlobt,
was wir für uns behielten, doch es war
dein vater, der mich in die klinik brachte,
um mich mit sieben stichen zu vernähen.

vielleicht die erste aller katastrophen.
ich mußte eben wieder daran denken,
als ich mir über den hinterkopf fuhr, mich wieder
fallen spürte, auf mein spiegelbild zu.

ein onkel

schwebt an seinen hosenträgern herein
wie ein prächtiger fesselballon,
sagt: einmal nachts sei er fast im schlaf
verblutet, in sich selbst hinein,
nach jenem schlecht gezogenen backenzahn.
ein chemischer onkel: kaum berührt das
braune glas der bierflasche seine lippen,
beginnt er zu glimmen wie eine leuchtgaskugel;
klemmt sich einen übeltäter unter
jeden arm und stopft dabei eine pfeife,
perfekt geformt für all die geschichten,
doch läßt selbst am meer sein hemd an, sagt:
sobald er nackt an einem strand herumliegt,
eilen ein paar beflissene menschen herbei,
um ihn zurück ins tiefe wasser zu zerren.
hat bereits zwei lieben an den tod
verloren, aber steht noch immer –
man ahnt nur, wie ein dünnerer in ihm wankt.
er schlägt sich mit der flachen hand auf den bauch,
damit es gluckert, sagt: seine ideale
größe sei dreimetersechzig, und das stimmt.

am ganges

die toten wandern durch die lebenden.
frühmorgens, wenn die riesige schlammlaterne
des flusses entzündet wird, stehen die frauen

schon bis zum nabel im ocker, schlagen
die wäsche auf den steinen aus, schauen
nur kurz aus ihrem tropfengewölbe auf.

du wirst noch lange beben wie ein gong,
mit allen sinnen zittern: das lachende maul
des rikschafahrers, klaffend von betelnuß;

der heilige mit nichts als einem tuch
ums nichts der hüfte, an drei stöcken,
von denen zwei seine beine sind;

ein scharfer dunst aus den garküchen, badende pilger
gleich neben der zerfallenden matratze
von hund oder kalb, ihrem flockigen weiß –

in nepal hat sich ein gletscher gelöst,
schmilzt sich als wolke langsam richtung meer.
und in der stadt wächst die andere stadt,

wird zwischen palästen und tempeln
gearbeitet an den palästen und tempeln
aus brennholz, steigt der rauch. die lakenpatience

am ufer, die beiden kobras
des schlangenbeschwörers, steifer als nägel.
ein wasserbüffel treibt aufgedunsen vorbei,

beleuchtet von den funzeln zweier möwen.
und auf den treppen machen sich die jungen
kricketspieler bereit: ein perfekter schlag,

und der gegner streckt sich, streckt sich,
doch schon steht der vollmond am himmel,
und tief in den lungen kommen die toten zur ruhe.

weißdorn

weißdorn, sein lokal
begrenzter schneefall, der nicht
aufhört, nicht aufhört;

wie er sich im mai
ereignet, an den rändern
von feldern, wiesen,

duftender blizzard,
den kein wettersatellit
erfassen könnte;

perfekt geformte
kugeln, wie jene aus glas
in touristenhand,

wo das gestöber
sich plötzlich legt, man es sieht:
das brautpaar, stoisch

vor kirche, rathaus,
dem winzigen zug weit weg,
der vorüberrauscht.

tang

wieder ist da sein duft, durchdringt all die jahre, schwächer, unverkennbar: tang, in einem bestseller von miller oder young, gepreßt mit etwas sand, mürbe wie alte lederriemen, meereszügel; porös wie ein rangabzeichen, ein ordensband aus glorreichen zeiten, das uns peinlich berührt. kaum zu glauben, daß er einst unsichtbares in tanz zu übersetzen wußte; anmut ist eine frage der strömung, er beweist es, etlicharmige unterwassersirene, wenn auch stumm, ohne gesang. wie er sich um die schrauben schlang, mit all seiner nachgiebigkeit, ölig glänzend wie ringerkörper; wie er dem schwimmenden kalt ans bein griff, ihn als ertrunkenen begrüßte unter seinesgleichen. nach dreißig stunden sturm und wellengang als brandungsschlacke am strand: müde haufen von braun, die immer noch mühelos die dackel der urlauber verschlingen könnten; die abgestreifte puppe von etwas gewaltigem, das über nacht schlüpfte und fortflog, uns unerkannt entkam.

parkhaustage

hingelagert wie götter, ein olymp,
zusammengehalten von abgasaromen
und spannbeton, dem flackern der neonlampe:
deck fünf für uns, und ein deck weiter oben

der leuchtend abgestellte große wagen.
ich sehe uns noch: ein grölendes pack
von halb- und viertelstarken, verwegen,
trunken von freundschaft und doppelbock;

der über nacht verbannte volvo,
knackend in seinen dieselträumen,
und an die wand gekritzelt penis, vulva,
die liebesschwüre, die kleinstadtdramen,

die rampe, wo die pfauenfeder
aus öl noch immer auf dem boden glänzt und zittert.
und dicht am abgrund wir drei, mit nichts als futur
in unserer grammatik und siddhartha

zerlesen in den taschen der parkas,
während die erste vorortbahn von norden
nach süden gleitet, seufzend hinterm parkhaus
die türen, die man morgen, morgen,

nicht heute besteigt, ein silberner schwarm
von dosenringen auf der dämmerung:
einer, der raucht, und einer, der sich warm-
tanzt an der kante, einer auf dem sprung.

die synkopen

für Gabriele Wennemer

es ist ja eine art von geburt,
ein tasten nach den dingen, deiner leicht
verbogenen brille: eine marionette,
die fäden schlaff, ein saulus, von seinem pferd
gestürzt, erwachend unter dem ewigen licht
einer neonröhre auf der herrentoilette,

und die eiswürfel des kellners in der bar,
der dich beim ersten mal nach hause chauffierte,
am nächsten morgen auf dem küchenschrank
nur mehr ein säckchen wasser, kalt und klar,
ein plastikbeutel aus dem zoogeschäft,
aus dem der goldfisch wundersam verschwand.

die ohnmacht ist eine winzige schwarze kiste,
und diese seekarte hier ist deine haut,
mit hämatomen, neuen territorien,
wenn du auf offenem meer, fern jeder küste
die augen wieder öffnest, wie schanghait
inmitten all der fässer, taue, truhen,

oder, die glieder seltsam taub,
in dem vertrauten oder fast vertrau-
ten haus, mit putz, der von den wänden fällt,
mit abgedeckten möbeln, dichtem staub
und einem briefkasten, der vor der tür
schon überquillt mit nachrichten von der welt.

neunaugen

oder lampreten, die wir im april
an bord hoben, glitschige urzeitwesen aus ocker
und schlamm, sodann geschmort in porree, öl
und rotwein – man hätte ebensogut den oger,

den froschkönig essen können: älter als märchen,
jede von ihnen ein sich windender argus,
kieferlos, mit zähnen noch im rachen –
so stiegen sie aus ihrem feuchten orkus

bis in die träume empor, monströse
geschöpfe, horror meiner sommer, an den flanken
die augen, gürtellöcher oder ösen.
sie hingen den dorschen, den plötzen und renken

zu beiden seiten vom kopf, vom satyrmaul
wie kalte doppelflöten, wie ein aulos
aus fleisch, und hinterließen ihr grobes mal,
sobald sie gesättigt waren – wie jenes am hals

von nina wriggers eines morgens, deren seidenschal
es weniger versteckte denn entfachte.
sahen sie mehr als wir? selbst duft und schall,
die zukunft vielleicht, gefühltes und gedachtes?

weshalb sie keine zeit verplemperten
und fraßen? fragen über fragen, bis mitte
juli, mitte august, wenn wir lampreten
oder neunaugen hochholten, großmutter

am abend pfiff vom ufer, opa prompt
ein letztes netz aus strom, aus woog oder see
ins holzboot zog, durch seine pfeife brummte:
so? oho. sososo† soso.

alla cacciatora

es war der tag, an dem man den tyrannen
durch alle sieben oder zwölf kanäle
zur richtstatt trieb und wir gemüse kauften
und fleisch. die straßen in der hitze
wie siegelwachs, und an den wänden, auf den waren
die fliegen, die ihr winziges kalevala

notierten. dieser ganz in alufolie
gehüllte kopf, um uns, um ihm die blicke zu ersparen –
und fraglich, ob der metzger, als er schwitzend
das schlachtbeil hob im kittel oder kaftan,
»coniglio« rief oder nicht doch »kanaille«,
mit einem hieb das haupt vom rumpf zu trennen.

glasauge

für Matthew Sweeney

wie seltsam, sagte ich zu meiner frau,
daß gerade dieses ding, das derart tot
in seiner höhle hockte, viel zu blau,
das er in einem sommer fast beim pferdetoto

verwettet hätte und nach ein paar bieren
herausnahm, schwor, wer jetzt hineinrief, könnte
noch viele stunden lang sein echo hören,
das er zur freude all der nachbarskinder

blitzschnell verschwinden ließ in seiner faust,
worauf ein geldstück in der leere klemmte,
ein silberaar in seinem schädelhorst;
daß jetzt nach all den jahren, da die fremden,

alle im leuchtendweißen overall
herabgeschwebt aus ihrer galaxie,
gesandte von oben, der hauptstadt, von frau holle,
mit schaufeln und plastiksäcken jeden klacks

ans licht geholt haben, ordnen und vermerken,
in einer halle voller knochen,
die unser dorf ist, diese blinde scherbe
als einziges lebendig scheint, weit offen

auf seiner plane ruht, darauf besteht,
uns anzustarren, uns genau
fixiert, wie um zu sagen: bleibt und seht,
fast flehend und, ehrlich, immer noch viel zu blau.

brief ans ende der straße

wo ihr wohntet, begann die prärie,
die wildnis, gleich über dem canyon
der regionalbahn. jeder ein paria,
ein außenseiter unter der kaninchen-

schlinge lunas, ohne sonaten
und köchelverzeichnis, geigen oder harfen –
nur köter, die sich in der auffahrt sonnten,
und einer, der im hof mit der harpune

auf ratten schoß. gerüchte und geflüster
und wörter wie plebejer und hetäre –
doch war nicht jenseits eurer fenster
der doppelkorn klarer als äther,

die nackte birne leuchtend wie die äpfel
aus gold im garten der hesperiden,
bedeutsam funkelnd selbst was ich in eurem abfall
entdeckte, jene dose kieler sprotten?

einmal, als ihr sturzbesoffen, keuchend
nach hause schwanktet, stand ich zwischen tapete
und vorhang im dunkel, doch mitten unter euch;
dann stocktet ihr, starrtet betäubt

und stumm zum vollen mond hinauf,
der über villen zielte und baracken,
zum mond, in seinen kalten doppellauf.
und kreistet ja selbst wie ein schartiger brocken

um unsere gepflegteren planeten
aus vogelhäuschen und gemähten rasen –
das hupen um fünf uhr morgens, die blenden-
den scheinwerfer und das heulen der karossen –,

wart härteres holz, von anderem kaliber.
schon naht ihr wieder, mit dem tränentattoo
am augenrand und dieser lepraklapper
aus leeren flaschen in der plastiktüte.

strähne

immer öfter beugen sie sich vor
und raten mir flüsternd zu zwiebelsud, frischen
kuhfladen, hundemilch und birkensaft,
zerstoßenen fliegen. doch die nackte kuppe
steigt wie ein fels, wenn sich das meer zurückzieht.

mit würde kahl zu werden, zu leuchten,
stolz wie ein straußenei in der kunstkammer!
nicht wie die alten am strand,
mit jenen trostlosen spiralen
aus letzten haaren um die platte –

oder der strenge herr s., zuständig
für zahlen und leibesübungen, aber
so klein, daß, als er den rücken kehrte,
der längste von uns einen bocksprung wagte
über ihn hinweg: ein windstoß packte

die eine strähne, ließ sie meterweit flattern
wie telefongekritzel, ein fernerliefen,
etceterapepe. und sein gesicht:
dort fliegt es, eine weiße panik,
ein drachen, losgerissen, an seiner schnur.

husky

wie erbsen in der schote das gespann,
sein japsen, belfern über fels
und schelf, durchs weiß gezerrt wie eisenspäne
vom riesigen magneten eines wals

unter dem eis. du siehst den leithund, weißt:
er schläft im schneesturm wie in einem korb,
erkennt als kompaß nord und west,
den weg durchs nirgendwo, im nichts den ort,

und alle, die durch seine wüsten zogen,
verlierer, sieger, helden oder toren,
sind eins vor dem polarblau dieser augen

von einem dämon oder gott.
an ihrem grunde sind sie eingefroren,
links amundsen und rechts scott.

III

kalifornische sonette

VII

das erste licht gebiert den kolibri
und den hibiskus, überrascht mit faltern,
monarchen, die, vom eigenen gelbro-
ten cocktail beschwipst, von blume zu blume flattern.

von meinem fenster aus steht alles offen,
die stadt im dunst, die bucht und ihre segel.
pfropfen von eiswürfeln in den karaffen,
die einen tag lang schmelzen dürfen, dürre hügel

und pumaäugig lauernd die prärie
am abend, mir im rücken, wenn der moloch
zu funkeln beginnt, das riesenrad am pier

als blüte steigt; am abend die kantate
der grillen – und das licht wie durch ein schlüsselloch,
zu groß, als daß man es erkennen könnte.

VI

die *jardineros*, unter sonnenhüten
verborgen, unter breiten krempen
aus stroh verschwindend klein – sie jäten
und gießen vor den kühlen weißen tempeln,

schmuggeln ihre schatten stumm von rasen
zu rasen. straff wie paukenfelle
die bäuche der jogger, gleißende terrassen
im neonschriftzug einer bougainvillea,

bewacht von pinkem, weißem oleander,
von einem trupp strelitzien und dem colt
des jungen mondes. unsichtbar, mit pochen-

dem motor vor dem diensteingang der laundry
van: die wäschestapel, rein und kalt
wie gipfelschnee, zu quadern ausgestochen.

V

du bist nicht hier. stattdessen jene palmen,
die sich gen himmel hungern, blau und glatt,
und die alleen schraffieren, wo ein pullman
kalt wie ein raubfisch um die ecke gleitet.

seit wochen hitze, die die swimmingpools
zerfließen läßt, verdunsten läßt wie quallen
auf sand; die adlerhorste der paläs-
te auf den hügeln. könntest du gefallen

an alldem finden? billboards, die gebieter-
isch über dächern thronen; boulevards,
die sich vom frühling bis zum winter dehnen,

vom morgen zum abend, wenn die helikopter
müde werden, tiefer fliegen, stadtwärts,
die fledermäuse den luftraum übernehmen.

IV

das hinterland beginnt, wo eine krähe
am aas herumzupft wie ein couturier
am kleid, die wahren karten die der rehe
und hirsche sind, wo zeitungen kurier

und bote heißen. wo im senderrauschen
die stadt verschwindet und die bunten fahnen
der spechte selbst bei windstille am rüschen-
verhangnen holzhaus und am funkmast knattern, man den
religionen

des ölwechsels vertraut und truthahnjagden.
wo es nach kuchen duftet. wo die tankla-
ster seufzend frauennamen durch die berge tragen,

man mißtrauisch die hand zum gruß erhebt,
milch und gewehre warm sind. wo das dunkel
jäh wie ein erdrutsch vor den fenstern steht.

III

und zum geburtstag in der geisterstadt
allein mit all den geistern, einem windstoß ins genick,
den wäschern und den schürfern. draußen steht
der duft von nebel, kiefernharz und skunk.

ballongespanne, die an autos zerren,
die schulbusse, die sonntags hinter maschen-
drahtzaun gelagert sind wie barren
von gold; im digger's inn die eismaschine,

die nacht für nacht den kalten rosenkranz
aus würfeln murmelt, und im teppichboden
was auf den zweiten blick nichts als geronnenes

blut ist. erdreich, durchsiebt von trassen
und stollen, und im halbschlaf explosionen
tief unten. oder ein paar schüsse draußen.

II

endlos die stadt, die staus: es ist ein glitzern
von ankerketten, die man langsam einzieht,
und jeder von uns ein glied von tausenden von gliedern,
die weiterrattern. aber nichts geschieht.

in hauseingängen und im tiefparterre
auf pappen hingestreckte veteranen;
mit licht und chrom gepanzerte transporter,
die ganze milchstraßen aus den vitrinen

der juweliere schaffen, ein jeton
von mond über dem jazz der rooftopbars,
und vom pazifikhighway das geheul

der feuerwehr, die antwort der kojoten,
ein wechselsang. der allerletzte bus
fährt einen schwung dämonen richtung hölle.

I

die vögel immerhin: äquilibris-
ten, eine formation von pelikanen,
der schwirrende saphir des kolibris,
ein specht, die grüne jagd aus amazonen –

die aufgereihten möwen kontrollieren
den sonnenuntergang bei malibu.
ein knacken, all das zwitschern, pfeifen, trällern
und überm eukalyptus noch die schwalbe,

bevor die winterstürme auf kanälen
und abflußrohren spielen. aufgebockt das brett
des surfers, frisch lackiert, und irgendwo
                    dort draußen in der ferne ein
                    konvent von buckelwalen

in ihrer eigenen zeit. ob da ein land ist,
in dem sich leben ließe, eine stadt?
es wird zu sehen sein, sobald du landest.

IV

an jona

manchmal scheint es dir, als schlängle
ein licht sich herab – die bartendämmerung
weit oben –, und du hörst die hungerengel
der möwen, bis ein schwung

makrelen niederprasselt, schwärme von sardinen,
hörst brandung, segel, jemanden, der ruft.
gelegentlich ist da ein duft von pinien
als die erinnerung an diesen duft.

daß man ihr nie entrinnen kann, der schuld,
ob man die stadt mit allen übeln
und untergang abstraft oder sich davonstiehlt,
von bord geht wie ein sack verfaulter zwiebeln.

ein wetter spüren, kühles, diesiges,
einen windhauch nur – nicht diese ranzige stille
und jenes auge, größer als ein diskus,
das sogar hier, durch eine dicke hülle

von speck und tran mal spöttisch und mal streng
auf dir zu ruhen scheint; die leselampen
aus leuchtalgen markieren deine enge.
verschwende keinen gedanken

daran, daß du ein sohn bist, bruder, neffe,
ob draußen juni ist, ob januar.
denk nicht an tarsis oder ninive.
nenn diesen walfisch deine heimat, jona.

krebsfischen

der fisch muß stinken, marie,
so sehr, daß alle vier enden der erde
sich krümmen und die sterne
noch schneller in ihr dunkel eilen.

öffne die truhe am hafen,
wo er seit tagen ruht, für unruhe sorgt,
so tot und verborgen er ist – passanten
drehen sich um, und liebespaare flüstern.

mit seil ist er ein lot der verrottung,
das du ins hafenbecken senkst –
so schwarz und kalt wie eine galaxie,
ins rechteck gezwängt, mit nur drei meter tiefe –,

und du spürst, wie du leer wirst in den minuten
des wartens, wie sie näher kommen
aus ihrer welt, wie ihre scheren
sich öffnen, sie nicht widerstehen können,

ihr eigenes süßes fleisch verwahrt
im winzigen safe ihrer selbst – es könnte
der anfang eines transatlantikkabels
sein, was du hältst, so fern sind sie uns. und wie sie

dich lachen lassen, marie, sobald sie
gefangen sind in der plastikwanne, klacken
und rasseln, zahnräder, die nicht mehr greifen,
panische konstellationen. aber

sie kochen? nein. du läßt sie frei,
siehst zu, wie sie zur kante eilen, fallen,
jeder von ihnen eine gepanzerte pythia,
die langsam zurücksinkt in ihr delphi aus schlick.

klage um goliath

I

wer hält den wind nun ab mit breitem rücken?
wer hängt den leuchter auf im krönungssaal?
wer muß sich, wenn die schwalben fliegen, bücken?
wer wischt den staub vom obersten regal?

wer kann, wenn er sich streckt, sogar die sterne
aus ihrer fassung schrauben, brüllt und flucht,
selbst wenn er flüstert? wer sieht in der ferne
schon morgens, wer ihn nachmittags besucht?

wer läßt das meer beim baden überlaufen?
wer lehnt an marmorsäulen wie auf krücken?
wer spürt den regen lange vor den traufen?
wer pflückt die wachteln aus der luft wie mücken?

wer hält die winde ab mit seinem rücken?
wer hält die winde ab mit seinem rücken?

II

irgend jemand muß auch ihn
geliebt haben, denkt man. etwa
sein vater, der sich den esel
sparte im joch, die nachbars-
jungen, je nachdem für wen
er spielte – oder der schneider,
der selbst noch aus dem nachbarland
des nachbarlandes bahnen

von stoff beschaffte. jener koch,
der den mit schwein und wildem
salbei gefüllten ochsen, stunden-
lang mit rotem wein begossen,
am spieß gedreht, nach ihm
benannte (*ochse nach art des g.*),
im nächsten dorf der schuster,
woche um woche beschäftigt
mit ahle und hammer, schuh
um schuh um schuh, geräumiger
als kindersärge; oder
die mutter, die man einmal noch
zu lächeln sehen meinte, als man ihr
den kleinen riesen an die wange legte.

III

er war der größte von uns allen.
allein um zwischen gerstenballen
und stein in dürrem gras zu fallen,
war er der größte und der stärkste von uns allen.

schloß er die scheunen auf, ein tor,
schlief alles weiter, denn man schwor,
es sei noch dunkler als zuvor:
er schloß die scheune auf und *war* das scheunentor,

hob, wenn die palme schwer und voll
von datteln hing, von süße schwoll,
die kinder schnaufend in die dol-
den. heute steht die palme viel zu süß und voll.

wir hatten seinen schild gebracht,
mit ihm getrunken und gelacht.
nun liegt er mit der ganzen pracht
aus bronze und trotz schild und rüstung umgebracht

von lausejungen, einem hirten;
nicht von den männern, den verirrten
geschossen, als die bogen sirrten;
von einem nichts. von einer laus. von einem ziegenhirten.

eine postkarte aus novi sad

der fahrer, durchsichtig von schnaps,
eine handvoll verblaßter ikonen statt gurt,
während die funzeln unserer scheinwerfer durch raps-
und maisfeld zitterten, vergilbt, verjährt,
geplündert wie königsgräber.

im speisesaal die fliege, jenen buddha
von daumen bestaunend, der schlafende körper
des kellners am ecktisch, das patois
vom fernseher her – doch die enge kapelle

war heiß vom bienenwachs und summte
von gläubigen, glühende wabe, alle
zehn bäckereien dufteten nach zimt;
im sechsten stockwerk spielte eine flöte,
als gäbe es eine welt ohne treppen …

die seitenstraße nachts, die zwanzig-volt-
laterne mit den silbernen traban-
ten ihres mottenschwarms; ein bankgebäude,
in dem ein wächter durch die räume schleicht,
ein dunkles fenster nach dem andern leuchtet,
erlischt und leuchtet, doch niemals alle zugleich.

einstellungstag im meerjungfrauenmuseum

du schneiderst sie aus toten geigenrochen,
getrocknet, aufgetrennt, mit paraffin
geölt, ein auge jedes nasenloch –
oder dem oberkörper eines affen,

an den der schwanz von irgendeinem fisch
genäht wird. drei besoffene matrosen,
grölend wie nebelhörner, mit der physio-
gnomie von durchgelegenen matratzen,

sind hilfreich, glauben alles, wenn das licht
nur schummrig genug ist, dürfen von sich kämmen-
den wesen schwafeln, neblig, ausgebleicht
und blutleer in der ferne, von gesängen

und über bord gesprungenen gefährten,
bei petrus schwören, brendan und saint patrick.
die leute wollen ja betrogen werden,
verstehst du? also ist es kein betrug.

frag nur die kinder draußen bei den buden,
was wirklicher ist, was man nie mehr vergißt:
was hier wie geisterhafte beduinen
durch die vitrinen schwebt – oder den rest.

zeiten: flexibel. hinlängliche löhne,
und nach und nach erlernst du all die kniffe.
stopf abends watte in die wasserhähne.
halt dich von ufern fern und meide schiffe.

matratzen

nach mitternacht herabgeschleppt durchs dunkle treppenhaus mit ihrem gewicht eines toten, entrümpelt, entsorgt, vergessen; du siehst sie an straßenecken, in gassen, erschöpft an die bäume gelehnt, gebeugten haupts wie der sterbende gallier. oder schollen gleich, die nach süden trieben, strandeten, deren eisbär längst fort ist, schon panik über die höfe trägt. pedantischste der formen, rechtwinklig wie ein kolonialstaat, von hageren bürokraten am reißbrett entworfen – aber nacht für nacht die rebellionen, die volksaufstände! vertraut mit gewicht und gestalt, erinnern sie sich an uns wie das wachs an den schlüssel, das futteral ans jagdgewehr; passepartouts für den müßiggang; waben, wenn auch viereckig und mit dem süßeren honig des traums, dem bitteren honig alptraum. bei alledem kompakt wie die tür, auf welcher man den ertrunkenen vom meer hinaufträgt ins dorf; von einer fläche, die nicht größer ist als ein licht- oder luftschacht, als ein gemüsebeet, ein hühnergehege; die zelle, wo der gefangene die augen schließt und verschwindet.

nach dornröschen

tatsächlich ist es wahr, denn wirklich ranken
die dornenzweige zu den giebelspitzen,
umhüllen turm um turm – du kannst, sobald
du näher kommst, das schloß in seiner ohnmacht
nur ahnen hinter dem in blüte stehen-
den buschwerk, das bis an den himmel rührt,

doch siehst, woher die totenstille rührt:
die vor dir kamen, wachsen mit den ranken
und müssen nichts, rein nichts mehr überstehen,
groteske früchte zwischen dornenspitzen
und blättern, wo das grün mit aller macht
hervorbricht, wuchert, sich zusammenballt.

du aber trittst hindurch und stehst alsbald
im hof, wo kein tambour die trommel rührt:
ritter wie orgelpfeifen, wind, der macht-
voll summt darin, von unsichtbaren schranken
gehalten, und die hellebardenspitzen
vom schlaf längst stumpf – ein schlafendes, ein stehen-

des heer. und wie gemälde von jan steen
die säle: lange tafeln, die mit kobalt
gefärbten gläser, eine magd im spitzen-
kleid, die sich vorbeugt und sie fast berührt;
livrierte statuen, das stumme ranken-
werk all der tanzenden, die übermacht

von staub, und alles trüb, wie eingemacht –
die fliegen kleben fest, die zeiger stehen.
die küche, wo ein junge um den ranken

von schwarzbrot kämpft und beide fäuste ballt,
ein zweiter in der hummersuppe rührt
und nicht rührt und der königliche spitzen-

koch ewig nach zwei pudeln oder spitzen
sein beil wirft. hundert jahre ungemacht
das bett, du siehst es, stehst da, wie gerührt
vom donner, um die prüfung zu bestehen,
wenn die prinzessin unter ihrem bald-
achin, im schatten dichter dornenranken

mit einem spitzen schrei erwacht, die ranken
gelenke rührt: alles wird auferstehen,
wenn sie die augen aufmacht, also bald.

gugelhupf

seltsam, wie kurz die liste
an zutaten letztlich ist. wie ich ja auch
von ihnen wenig wußte – die liebe
zu aquarellen, selbstgetöpfertem,
getigerten katzen. und zu jedem
geburtstag einer jener kuchen
mit komischem namen, wie altdeutsche
zaubersprüche, heilsame formeln.

es braucht nicht viel: nur butter, eier, mehl
und zucker, milch und mandeln, bis man
die form in händen hält, einem herrlichen
bohrkopf gleich, einer ewig
sich selbst verschlingenden traktorenspur.
und rosinen natürlich, rosinen – denen
auch sie am ende glichen, verschrumpelt,
ganz auf die eigene süße konzentriert.

fast wäre ich zu spät gekommen
im taxi vom flughafen. in der kirche
die kleine gemeinde, der sarg vorm altar,
sein holz wie glänzend von butter, wie gebacken,
ein herberer kuchen. draußen sangen
die amseln, glaube ich, und durch die
hohen fenster fiel sonne herein.

gugelhupf, gugelhupf.

neun haikus im dezember

die frau sitzt allein
in der taucherglocke des
lampenscheins, wartet.

*

eiskalt die wohnung –
nur auf dem gasherd blühen
vier blaue disteln.

*

der alte schlitten
vom speicher, seine spuren
erst rostrot, dann weiß.

*

die tote hummel
am fensterbrett. schulterfell
eines normannen.

*

eben fußbälle,
kinder. nun schläft die treppe
in rechten winkeln.

*

die letzte stufe:
ein schritt noch und du ziehst als
landstreicher weiter.

*

der überlandbus
im winterwald, hysterisch
in seinem orange.

*

und auf der lichtung
ein damhirsch im fadenkreuz
eines spinnwebens.

*

nichts, nichts verrät den
jäger im hochsitz als der
eigene herzschlag.

buddelschiffe

wie kam das eine in das andere?
das war die frage. unterdessen hielten
sie kurs im sarg aus glas, an der kandare
aus gischt und brandung, all den urgewalten

zum trotz, mit dem geblähten zigaretten-
papier am streichholzmast in harrys
hafenbasar zwischen sirenengräten
und schrumpfköpfen kreuzend, zu age of aquarius

über der jukebox qualmender spelunken,
der nebelbank einer peninsula –
am bug auf mikroskopisch kleinen planken

die frauennamen, leuchtend, rot und safran-
gelb, perfekt, mit allerfeinstem pinsel
gemalt, doch nur beinahe zu entziffern.

die verbotene stadt

hinter der mauer eine zweite mauer,
und hinter jener mauer eine mauer,
so viel steht fest. und es soll menschen geben,
die bis ins stille zentrum der ummauer-
ten stadt gelangten, längst vergessen waren,
doch plötzlich wiederkehrten, durch die mauer
spazierten wie gespenster, ihre augen
erblindet, doch noch glänzend, und die mauer
so stumm wie eh und je. es gibt gerüchte
von konkubinen, festen, einer mauer
aus kuchen, braten, brunnen voller wein,
doch auch von schreien, leid, das keine mauer
durchdringt. ich selbst bin nur ein teil, ein ziegel
von vielen in der großen weltenmauer,
und lausche der ekstase der zikaden,
suche im schatten der vertrauten mauer
die hitze für ein weilchen abzustreifen;
die alten banyanbäume, die im mauer-
werk fußen, werfen ihre luftwurzeln
wie angeln nach uns aus. ein stück die mauer
hinauf die käfige, ein wahrer baldachin
aus vogellärm, im rinnstein amourö-
se kakerlaken, groß wie schoßhunde;
die händler, schlafend hinter ihrer mauer
aus ananas und sternfrucht, ochsenschwänzen
und fisch, stapeln von seide und mohair,
im dunst der küchen das, was marinierte
fasanen, gänse oder ein schwarm auer-
hähne zu sein scheint. die pagodenglocke,
erstickt von dschungel, bei der kaimauer
am strom der wasserbüffel, der sein mond-

horn gegen eine unsichtbare mauer
zu stemmen fortfährt, während die moskitos
in säulen, tempeln steigen und der handel mau und mauer
wird, erste lampen blühen. und die nacht
senkt sich doch vor wie jenseits dieser mauer
herab, auf uns wie auf die kaiserlichen
beamten, selbst auf jene eingemauer-
te macht in ihrem schneckenhaus aus stein:
wenn keine stadt mehr da ist, keine mauer,
wird es die stimme geben, die noch spricht
im schutt, der einst die stadt war, ihre mauer.

lob des kamels

für Tobias Sick

zwischen zwei oasen das kamel
als höchste erhebung – ein kamel
aus schiefer oder marmor stünde
in jedem atlas, ein kamel
mit durst läßt einen see daraus verschwinden
mit seiner farbe zwischen holzpaneel
und lehm. betrachte seine wimpern,
die augen, dunkler als von raffael:
bei sturm zieht es die lider und nüstern
wie tabaksäckchen zu: kein sand, kein mehl
dringt dann hinein – so tobt der wind
ums stille, leere zentrum vom kamel.
frißt dornenranken oder gräser
nebst deinem strohhut, zieht als schwel-
brand durch die dünen, nähert sich
als trugbild, bis es brüllt und sich sein kehl-
getöse bahn bricht, jenes rülpsen
von ghul oder dschinn; geht niemals fehl,
wo wir nichts sehen, wie ein teppichhändler
bepackt mit fell – als läge parallel
zu diesem ein zweiter, triftigerer raum.
und treu, bis in den tod: gib den befehl,
schon schimmern seine knochen wie beim hehler
die silberlöffel oder ein juwel
im kalten mond der wüste. wenn die wüste
noch wüste wäre ohne das kamel.

die live butterfly show

da war er plötzlich, ließ sich lautlos nieder
am bistrotisch und schob mir jenen flyer
aus tristestem papier, aus hochglanzflieder
und hagebutte zu, zerbeult der hut,
er selbst wie an nadeln hängend, mit fauli-
gem atem, einer transparenten haut.

ging es um flugkunststücke, looping, volte
von atlasspinner, kardinal und hektor-
bläuling, walzernde apollofalter,
den flügelschlag, den wirbelsturm,
die halbstündliche fütterung mit nektar?
ging es um tiefste weisheiten vom wurm,

der seinen himmel in sich trägt, vom schmetter-
ling, der den lehm noch spürt, den rhododen-
dronschatten, bis man dumpf ist vom geflatter,
behängt von lauter faltern wie die brust
eines viersternegenerals, doch alle orden
für milde, waffenstillstand, friedensschluß?

vergib mir, trenchcoatflügler, trauermantel,
daß ich nicht offen war für deine dürsten-
den seelchen, nicht bereit fürs mandala
aus pfauenaugen, daß ich aufging in der schar
von eilenden, geblendeten, touristen,
undankbare blüte, die ich war.

V

brief an die astomoi

bewohner der naturgeschichte von plinius,
nicht mehr, so dachten wir, in mythischem grau
gefangen, teil der großen polonaise
von seltsamkeiten, haarig wie cro-

magnon-männer oder menschenaffen,
bis ihr vertrauter wurdet – ohne mund,
von nichts als düften lebend, also offen-
bar ohne rede, lüge oder meineid,

fern all der schmähungen, der haßgesänge,
der häßlichkeiten. wie ihr mit der nase
die herbe erdgarnele einer ginseng-
wurzel erahnt, den geist der walnüsse

hinter der schale; wie ihr über wochen
von einem apfel zehrt, bis er verschrumpelt,
den fisch im wasser riecht, den kauz beim erwachen,
den keim, der tief in der kartoffel strampelt,

im eisen den rost, in der vase die scherben,
wie wir zu wissen meinen, in gedanken
schon ganz bei euch und, während wir dies schreiben,
schier überwältigt vom verlangen,

euch endlich zu sehen, euch im letzten licht
am fluß, im wald an einer freien stelle
zu überraschen, wie ihr lacht und lacht
in vollkommener stille.

ein festgedicht auf die unvergleichlichen geburtstagskinder johanna und heinz

laßt uns, ihr lieben, sobald die dochte
entzündet sind, die salve von korken
den mondgong dröhnen läßt, auch an die wesen,
die wirklich alt sind, denken: abgetaucht
in dicken mänteln aus speck, zwischen kraken
und krill in ewig dunklen arktiswassern,

groß wie kathedralen – die grönlandwale,
mit den harpunenspitzen eingewachsen
im fleisch wie äxte aus der bronzezeit
ins schlachtfeld, durch ihr walhalla
aus eisbergen schwebend, noch immer das ächzen
von franklins mannschaft im ohr. oder seht

auf seiner stange churchills papagei,
den rauch von längst erloschenen zigarren
im brustgefieder, der mit schnarren und scheppern
auf deutschland flucht und flucht; mit moos bepack-
te riesenschildkröten, sperrig wie sackkarren,
die sich als kontinente aufeinanderschieben,

als *ein* gebirge steigen. ganz zu schweigen –
konfetti! feuerwerk, das nie vergeht! –
vom pando, riesig, rhizomatisch: ruht da,
um silberpappelwäldchen auszutreiben,
die stets nur er selbst sind, schwer wie ein planet
und stumm unter der erde, unter utah,

derweil die nylonarabesken all der fliegenfischer
langhin über seen und flüsse wehen,
und parkt man den wagen, steigt aus, so entfacht sich
das laubwerk über einem, wird wind und licht,
und die decke ist ausgebreitet, mit brot und mit wein,
und es ist keine junge pappel, es sind achtzig-
tausend jahre, und man ahnt es nicht.

tante trudel

im schatten, auf der moosbewachsenen
seite des familienstammbaums,
dort, wo keine lichterketten
schwebten, keine musik war;

trug ihr lächeln stumm vorbei
an hänseleien, abschlußfeiern,
an bombenkratern, feuersbrünsten,
ohne einen tropfen zu verschütten,
bis in die hütte am stadtrand;

wurde witwe unter apfelbäumen,
entsaftete, gelierte,
ein mythisches doppelwesen
mit einer klappleiter als beinen,
ganz laubkrone von der hüfte an aufwärts,
verwandte eher von kentauren,
von sphinx und minotaurus denn von uns.

man fand ihre fußböden lückenlos
mit schüsseln bedeckt, mit plastikeimern
und zinkwannen, körben und gläsern,
als habe es jedes nur denkbare gefäß
gebraucht, um all der fülle herr zu werden;
fand die fliegen an den fensterscheiben,
die ihre beinchen rieben, wußten:
bei trudel waren sie sicher.

lederhose

so kolossal, daß füchse oder dachse
drin siedeln könnten, eine höhle,
nur ohne echo; diese wie gewachste
partie am hintern, riemen, schlaufe, schnalle –

kaum auszumalen, opa, wie du darin alpen,
die ich nicht einmal denke, überquerst,
durch wolken kletterst, die beleben-
de kälte von bächen trinkst, ihr lebendiges quarz.

ich selber stehe winzig wie ein tiefseetaucher
in seinem anzug, auf den alten fotos, in den alten filmen,
bevor er sinkt und sinkt, wo nur noch wesen

durchs dunkel huschen, die kein licht touchiere,
so heißt es, sterne, blüten, filamen-
te, weißer als das weiß von edelweißen.

gastgeschenke der tangdynastie

für Thomas Höllmann

was wurde aus den zwergen aus sumatra? dem zahmen rhinozeros? was aus dem beweglichen tempel eines weißen elefanten? die kaiserlichen hallen, die sich füllen, während das reich draußen wächst, unzählige hände seine grenzen in alle richtungen dehnen: zweihundert unzen ginseng, kamelwolle, bernstein und kupfer, sechzehn seehundfelle, glöckchen, gürtel aus jade. die riesigen hallen, in denen der kaiser selbst schier zu verschwinden droht mit seinen seidengewändern, weit weg auf seinem thron sitzt, winzig, zart wie ein vogel, ein rotschwänzchen mit dem konfuziusbart eines regenwurms im schnabel. wildpferde, straußeneier, sechzig ballen baumwolle: heerscharen von schreibern notieren all das, fixieren mit pinselnadeln die zarten falter der schriftzeichen auf dem papier, während neue boten erscheinen, bittsteller, schmeichler. wer aber trägt den pfirsichsetzling in den garten hinaus, pflanzt ihn ein? was wird aus den tänzerinnen aus kambodscha? und was aus dem papagei (»mit fünf farben«, wie einer der schreiber gewissenhaft vermerkt), dem papagei auf seiner stange, der jenes eine, unverständliche wort immer und immer wiederholt – wie eine handpuppe, nur ohne hand?

klatschmohn

man kann sehr lange stehen, sich gedulden,
sofern es klatschmohn gibt, seinen barocken
überschwang und jene viergeteilten
blüten zwischen weizen oder roggen,

die uns am hellsten mittag plötzlich wecken,
mit allen sinnen scharf durchatmen lassen,
ein augensalmiak; kann auf den wegen
sehr lange stehen und den schatten lauschen,
                                        kann die landschaft wie
                                        zum allerersten mal erfassen,

bis alles schatten ist und juniwärme,
nur mehr der mohn sich auf die felder legt,
in leuchtkugeln herabbrennt (in der ferne

die letzte amsel und das rattern, rattern
der güterzüge), überm abend schwebt:
hier unten sind wir. niemand muß uns retten.

stumpf

für Helmig Koch

ist der baum gefällt, bleibt der stumpf,
und der stumpf ist bekannt für den kampf,
die kraft, die es braucht, bis er klafft
und raucht, für den krampf in der hand,
die axt, die zerspellt wie ein traum,
den spaten, den nacken, der knackst.

denn egal wie du rackerst, er hält
die stellung, hält stand allen taten,
dem drang, selbst den stangen und ketten
aus stahl, dem schlauch und dem strahl,
mit dem du ihn spülst, unterhöhlst,
ein loch, ihn zu lockern. jedoch

er klebt wie der ring am saturn,
die ölpest am vogel, am wal
schmarotzer, wie pocken am pfahl,
die lüge am ruf, ist ein pfropf,
der kork überm erdkern, schlußstein
im weltengefüge, gepanzert,

verschanzt wie ein backenzahn, tief
im kiefer. zerrissen dein hemd,
die säge verschlissen, das beil
in sämtliche teile zerlegt,
dein bißchen an hacke voll scharten.
was bleibt, ist aufs dunkel zu warten.

was bleibt, ist dein eigener garten
als acker, als sumpf, ein morast
am rand der vernunft, am rand
des wahnsinns; was bleibt, ist die last
auf muskeln und gliedern, der schmerz,
dumpf hinterm lid. und der stumpf.

ziegenmelker

beginnst, sobald der kontinent versinkt
im schlaf, der du nie sichtbar wirst, höchstens ein tänzchen
im licht der autos wagst, wenn man die kinder
eilig nach hause in die betten bringt;
schnurrst dich durch sämtliche frequenzen
des dunkels, nur um plötzlich zu verschwinden.

schon schwirrst du weiter, gaukelst klandestin
über die grenzen, den kein meleager,
kein herkules erlegte, *goatsucker*,
tettechèvre, unter den galantesten
der sänger und der diebe, geißmolch, *gedemalker*,
windschlucker, *succiacapre*, luftbegatter.

ein falter nacht als haps, finale beute,
macht dir im bauch mit letztem flügelschlag
die milch zu butter, und das vieh irrt blind
über die weiden hin – die leeren häute
der euter, wenn es dämmert, sind wie nach-
geburten oder fahnen, sacht im wind.

ode auf den mann, der im loch verschwand

drehte er sich um und schlief weiter oder
hörte er das grummeln der leere unten,
schwor, noch vor dem frühstück zuallererst den
        klempner zu rufen?

morgen, und das maul eines großen karpfens
klaffte, wo ein haus war; ein bruder, der ins
dunkel brüllte, während der nachbarspudel
        kläffte und kläffte,

ein, zwei ärzte, feuerwehrleute ratlos
rauchten. wer die zeitungen aufschlug, spürte
unterm fuß auf einmal die dünne schicht aus
        steinen und erde.

jeder mythos braucht seinen anfang, einen
jungen, der aus wolken ins meer hinabfällt,
irgendeine expedition, die nach den
        quellen vom nil sucht.

stürze weiter. lasse uns hier zurück mit
rheuma, renten, enkeln, die gegen abend
durch die gärten jagen, um überm dach dein
        sternbild zu finden.

madlitzer elegie

am morgen geht der maulwurfstöter um
im gelben regenmantel, löscht die haufen,
und ein paar starkstrommasten segnen stumm
das nasse land. die kronjuwelentraufen,

der wind, als ob er würfle oder lose,
und forstmaschinen kriechen durch den wald
wie urgeschöpfe, langsamer als moose.
nur einmal um den see, und du bist alt.

die kühe auf den sümpfewiesen rosten
wie angeschwemmte bojen oder wracks,
und nur der specht verharrt auf seinem posten.
es gibt dich, weil ein reh dich sieht, ein dachs.

in seinen spänen der gefällte trumm,
derweil die enten ihre schwärze saufen.
am morgen geht der maulwurfstöter um
im gelben regenmantel, löscht die haufen.

der punkt

im Gedenken an Eoin Bourke

nun fällt mir wieder ein, wie du erzähltest
von deinem vater, der euch früh verließ
und ohne anschrift fortzog, irgendwo
stationsvorsteher wurde, wo kein zug
je hielt, nur einmal wöchentlich waggons
mit tauben, käfige mit ihrem quader
aus luft und weite, dem gestauchten himmel
darin, dem scharren und dem balsamgurren
der warmen tiere, die von jedem fleck
den heimweg finden können, umgeladen
von einem, der nie mehr nach hause kam;
doch warst du selbst es oder sah dein bruder
jahrzehnte später, als er im express
von a nach b dahinflog, seine zeitung
kurz sinken ließ, vorm fenster die figur
am bahnsteig stehen, die sofort vertraut war,
so daß er aufschrie, an die scheibe schlug,
zum mißvergnügen des abteils, den mann
in blau, den taubenadmiral, die knöpfe
aus messing blitzend, schimmernd wie die blinker,
die man für hechte nimmt, sein weißer bart
erhaben wie ein schneerest im april,
während der zug schon längst woanders war,
den radius vergrößerte, der punkt
erneut in kreisen aufging, die sich stetig
nach außen weiteten und alles faßten,
gehöfte, bäume, bäume, felder, bäume,
die industrien und brachen, dörfer, städte,
auf die der mond nun schien, und selbst den mond?

letzter brief vor innishbiggle

als würde dieser tag von nichts als ginster
erhellt, von seinem gelb, dem gelb
der regenjacken, freunde: ein paar ölkanister,
ein kalter duft von torfrauch oder kelp

und dieser ungläubige fischkopf im geronnen-
en rost eines eimers – kaum zu entscheiden,
ob ich die inselfähre oder charon
erwarte, eben noch körper, jetzt schon schatten.

am morgen reichte ein blick aus dem fenster
und man war nass bis auf die seele:
die nebelschafe von finis terrae,
pygmäensträucher und nur der gefiederte zoll

des rotkehlchens, das allein die verantwortung trägt
für etwas sonnenaufgang; ein katarrh
von dorfhunden, eine kuh, die unbewegt
das ganze land vielleicht nur träumt, an ihrem gatter;

später zwei wachteln, die sich loszureißen
vermochten vom moor, vom schmatzenden grund,
im rückspiegel zarter, brauner als rosinen,
schon bald verschwindend klein, sodann verschwunden,

und jetzt die heulenden findlinge, die als robben
ins wasser gleiten, während eine boje
den grund nach oben zerren will, nach oben,
das wolkenschloß kurz aufspringt, eine bö

ihr bißchen silbergeld von licht verstreut
über der bucht. und ich, mit einer säufer-
nase von der kälte (wie vertäut
von ebbe oder flut und so fern wie zuvor

das boot), sammle die eier aus basalt
vom strand, und in die brandung, ins geläch-
ter all der möwen fährt erneut der sturm und bläst
auf tausenden von grashalmen zugleich.

weißkohl

du kennst es, das gefühl
  an deiner hand, erschreckend kühl
    und wächsern, kälter als ein chorgestühl;

später das sauerkraut,
  die schnäpse, während man verdaut,
    ein fremder plötzlich in der alten haut,

die wie der weißkohl glatt,
  doch seltsam ist: wie jedes blatt
    sich übers nachbarblatt geschoben hat,

ein kohlsystem, geschützt,
  in sich geschlossen, wenn es blitzt
    und stürmt; wie er stets in der nähe sitzt

und wächst, wenn wir noch ganz
  erfüllt von sonne sind, vom tanz,
    der nicht zu ende geht, dem lichterglanz …

die felder hinterm haus
  im späten herbst: wohin du schaust,
    sieht es wie eine auferstehung aus

von weißkohl, der dem grund
  entsteigt, jeder perfekt und rund;
    das o, das auf den lippen liegt, im mund,

während es ringsum gar
  wird in den töpfen, jahr um jahr
    ein duft uns in der kleidung hängt, im haar.

schaf, hahn, ente

19. September 1783

versailles, sein park, noch alles halb im schlaf,
als der ballon sich von der erdenbahn
entfernt. so sagen es die dokumente.

nur volk, kein pöbel, keine parlamente –
und seine majestät, umringt von graf
und gräfin, der mätresse, dem galan

mit rohr, in dem konvex oder konkav
die linse schwebt. ein strick, den man durchtrennte,
der nie mehr ganz wird – sollte es ein mahn-

mal sein, was dort am kalten wetterhahn
vorbeizieht, eine art von epitaph?
ein ball aus seide längs der windtangente,

verschwindend über einem spleiß von kahn,
die untertanen schaf und hahn und ente
in ihrem korb kaum hörbar, seltsam brav

in gottes blauem himmel, nur pigmente,
nicht mehr, und gerade eben noch der hahn,
die ente, und zu guter letzt das schaf.

Inhalt

I

II

III

IV

V

Jan Wagner, 1971 in Hamburg geboren, lebt in Berlin. 2001 erschien sein erster Gedichtband, *Probebohrung im Himmel.* Es folgten *Guerickes Sperling* (2004), *Achtzehn Pasteten* (2007), *Australien* (2010), *Die Eulenhasser in den Hallenhäusern* (2012) und der Sammelband *Selbstporträt mit Bienenschwarm* (2016). Zuletzt erschien der Essayband *Der verschlossene Raum* (2017). Für seinen Gedichtband *Regentonnenvariationen* (2014) gewann er 2015 den Preis der Leipziger Buchmesse, 2017 wurde er mit dem Georg-Büchner-Preis ausgezeichnet.

Die Schmetterlinge, die Jan Wagner in seinem neuen Gedichtband aus dem Netz holt und Loopings fliegen lässt, können auch Münchner Krähen sein, Marder im Blutrausch, ein Biker aus Montana oder alternde Kapitäne. Entscheidend ist: Sie fliegen. Welches Sujet, welchen Gegenstand, welches Wesen Jan Wagner auch immer einfängt und poetisch verwandelt, er hebt damit die Gesetze der Schwerkraft auf – selbst die vielfach ummauerte Verbotene Stadt gerät Stein für Stein ins Schweben, und unsere Wahrnehmung, unser Denken verlieren mit jedem gelesenen Vers an Trägheit. Mit jedem Band dagegen scheint Jan Wagner an Souveränität zu gewinnen, seine Formenvirtuosität zeigt sich in der *Live Butterfly Show* als unbekümmerte Lust an der Freiheit in der Form, am Klang, die großen Spaß macht.

Jan Wagner
Regentonnenvariationen
Gedichte
2014. 112 Seiten
Hanser Berlin

Der Garten, in dem die Regentonne steht, ist phantastisch weit, reich und offen – eine Welt. In diesem neuen Lyrikband geht es in die Botanik, in die Natur mit all ihren kunstvollen Variationen des Lebens. Jan Wagner lässt den Giersch schäumen, dass einem weiß vor Augen wird, nimmt Weidenkätzchen und Würgefeige, Morchel und Melde, Eule, Olm und Otter ins poetische Visier, zoomt ganz nah ran, überblendet assoziativ, bis der Blick sich weitet und sich das beglückende Gefühl einstellt, für einen Augenblick zum Wesen der Dinge vorgedrungen zu sein. Es ist immer wieder ein Wunder, wie es diesem Lyriker gelingt, Bilder zu schaffen, die in einem Halbvers Stimmungen heraufbeschwören – bis längst Vergessenes oder nie Gesehenes plastisch vor Augen stehen.

»Das ist schlicht großartige Poesie, atemberaubend versiert und dabei leicht, wie es eben nur ganz wenige vermögen. Lyrik? Jetzt!« *Frankfurter Allgemeine Zeitung*

»Wer Schönheit und Intelligenz in der zeitgenössischen Dichtung sucht, bei Jan Wagner wird er fündig.« *Denis Scheck*

Jan Wagner
Selbstporträt mit Bienenschwarm
Ausgewählte Gedichte 2001- 2015
2016. 256 Seiten
Hanser Berlin

Ein Auswahlband als Selbstporträt. Jan Wagner zeigt das Beste aus anderthalb Jahrzehnten poetischen Schaffens, zeigt sich als Virtuose und Geschichtenerzähler, als phantastischer Spieler und kindlich staunender Weltentdecker. Seite für Seite vermittelt dieser vom Autor selbst arrangierte Auswahlband, was ein gelungenes Gedicht vermag und warum wir alle mehr Lyrik lesen sollten.

»Selbstporträt mit Bienenschwarm« beweist, dass Jan Wagner, der vielfach ausgezeichnete Lyriker, schon früh seinen eigenen Ton, seinen ganz eigenen Blick auf die Welt gefunden hat. Der Fundus an Formen und Themen, aus dem dieser ästhetisch wie literaturhistorisch versierte und ambitionierte Dichter schöpft, ist frappierend. Es gibt nichts, was ihn nicht inspirieren könnte. Und so gelingen Wagner zu ziemlich gewöhnlichen Themen ziemlich ungewöhnliche Texte, dichte, musikalische, spielerisch-schöne und immer wieder überraschende Gedichte.« *ORF*

»Die Begabung des Dichters besteht darin, das Ungewöhnliche im Gewöhnlichen zu sehen, nicht das Gewöhnliche nur ungewöhnlich auszudrücken. Jan Wagner versteht sich darauf meisterhaft.« *Tagesspiegel*

Sylvia Geist
Fremde Felle
Gedichte
2018. 96 Seiten
Hanser Berlin

Im Gewimmel der Großstadt, in scheinbar zahmen Landidyllen, in den Grauzonen der Suburbs – überall begegnet in Sylvia Geists neuem Lyrikband dem Einzelnen die Wildnis, die in ihm selbst steckt. Mit radikalem Ernst und klarem Blick für die Absurdität der Verhältnisse fragt Sylvia Geist danach, wie weit wir gekommen sind, seit wir angefangen haben, uns in fremde Felle zu kleiden. Ob ihre Figuren in die Haut von Füchsen schlüpfen, die Okkupation ihres Hauses durch Rehe fürchten oder die Sehnsucht nach menschlicher Wärme unter der Trockenhaube im Friseursalon stillen, immer sind sie auf der Spur der Welt, die wir mit den anderen teilen, einer Welt, in der das Echo massenhaft »die Felsen bespringt« und bereits die »Särge für das letzte bisschen Eis« angefertigt werden.

»Sylvia Geists neue Gedichte sind ›Wärmewaben‹, die Welt und Sprache mit einer eigenen Energie versehen – und die dem Leser einen ›hochkalorischen Kick‹ ermöglichen. Geist zeigt uns das Zwielicht in den Wörtern. Mit Reimen, mit Anklängen und einem großen Gespür für rhythmische Verschiebungen. Ein Rhythmus ist das, der die Dinge und die Wörter dreht – und uns zeigt, dass alles stets in Bewegung ist.« *Süddeutsche Zeitung*

»Eine Lanze für die Lyrik: Sylvia Geist ist Berlinerin und schreibt sich seit zwanzig Jahren langsam und bezaubernd in die deutsche Literaturgeschichte. Ihre neuen Gedichte führen in die Wildnis, die sie überall findet.« *MDR*